Vacaciones en Bonilla

Vacaciones en Bonilla

Marlene Rivero Romero

www.librosenred.com

Dirección General: Marcelo Perazolo
Dirección de Contenidos: Ivana Basset
Diseño de cubierta: Daniela Ferrán
Diagramación de interiores: Vanesa L. Rivera

Primera edición en español - Impresión bajo demanda

© LibrosEnRed, 2008
Una marca registrada de Amertown International S.A.

ISBN: 978-1-59754-426-9

Para encargar más copias de este libro o conocer otros libros
de esta colección visite www.librosenred.com

AGRADECIMIENTOS

Les doy un profundo agradecimiento a mis padres Laura y Venancio, quienes supieron guiarme en la vida. A los familiares que me apoyaron y creyeron en mí, y a mis abuelos, que Dios los tenga en Su gloria...

Prólogo

Vacaciones en Bonilla es una historia real que relata las vivencias de dos hermanos que, en sus primeras vacaciones escolares, viajaron a conocer a sus parientes paternos en las montañas de los Andes Venezolanos, sin imaginar que ahí encontrarían un mundo completamente diferente del que ellos conocían hasta ese momento.

Donde la naturaleza y el hombre se unen, donde todo se conecta de una forma mágica; donde la calidad humana se profundiza, y la cultura, la comida y las tradiciones prevalecen a través del tiempo.

Vacaciones en Bonilla nos lleva a un mundo donde la naturaleza, la magia y el misterio se unen. Donde la aventura, los duendes y enanos, las fantasías y la búsqueda de tesoros se convierten en un mundo mágico y real.

Donde los personajes de la historia del país y de nuestra cultura están siempre presentes. Y donde los valores familiares prevalecen, enseñándonos a respetar a nuestras personas mayores y nuestra cultura.

Vacaciones en Bonilla

Ahí estaba yo....

En agosto de 1979, en los Andes Venezolanos, en un lugar llamado la Loma de Bonilla, una montaña situada en la vía con dirección al pueblo de Carache, en el Estado Trujillo. Un lugar encantador, lejos de la ciudad, de la muchedumbre y del cansancio que aquella deja.

Aún recuerdo cuando salimos de Caracas, en una madrugada muy fría del mes de agosto, en plenas vacaciones escolares. Mi madre despertó muy temprano; al principio, yo no tenía ganas de ir, ya que hacía mucho frío y no quería levantarme, pero luego el sueño se fue poco a poco hasta que me levanté de la cama, me vestí y fui hacia la sala a ayudar a mi padre; recogimos nuestro equipaje y lo metimos en el auto.

Después de meter todas las maletas y el desayuno que mis padres habían preparado a las tres y treinta de la madrugada, nos percatamos de que aún mi hermano no se había levantado; tuve que ir a despertarlo, pero fue en vano, ya que estaba muy cansado y, casi dormido, lo metimos en el auto. Salimos a eso de las cinco y quince de la mañana, abrigados y vestidos hasta el cuello, con suéter cuello de tortuga que mi padre nos había comprado dos semanas antes, con monos colegiales y *jeans*.

Mi madre al despedirnos nos veía con melancolía, ya que era la primera vez que nos separábamos, y ella sentía que se le caía el mundo. Siempre quiso tenernos cerca, para cuidarnos y protegernos, pero esa mañana no podía aceptar la idea de no vernos por varias semanas; aun así, trató de disimular su angustia y con mucho esfuerzo nos brindó una sonrisa; después de abrazarnos tristemente, se quedó asomada a la ventana hasta no ver más el auto.

El camino estaba despejado, aún estaba oscuro. Las ventanas del auto permanecían cerradas; mientras mi hermanito dormía en el asiento trasero, la brisa se colaba por la rejilla de ventilación del aire acondicionado, y yo, que sentía los pies helados, agarré una cobija y me enrollé, revisé el cinturón de seguridad y abrigué bien a mi hermano a la vez que levemente miraba desde el asiento delantero las rayas de la autopista, perdiendo la noción del tiempo y del espacio; ya en la vía de coche de la autopista, quedé completamente dormida.

Llegando a la entrada de La Victoria (Estado Aragua), desperté por unos breves minutos; luego, continuó mi sueño hasta arribar a la ciudad de Barquisimeto.

Nos detuvimos cerca de una arepera para comprar jugos y disfrutar del desayuno que ya traíamos. Papá se percató de que el auto estaba recalentado y lo llevamos a un taller cercano, ya que tenía un ruido muy extraño, y no sería justo quedarnos varados en el camino; aquí estuvimos por una hora, mientras se hacían las revisiones al vehículo y este se enfriaba; luego, continuamos nuestro camino.

La casa de los peces

El camino era interminable; la ansiedad y el cansancio de estar tantas horas sentados comenzaban a perturbarnos; constantemente, preguntábamos si ya estábamos cerca, y mi padre siempre afirmaba; no veíamos la hora de llegar... Nos detuvimos en una entrada donde había dos árboles enormes, bajamos del auto y nos quitamos la ropa, y quedamos en *shorts* y franela, ya que con anterioridad mi padre nos había dicho que lleváramos ropa puesta debajo de la que traíamos, para bañarnos en el río.

Nos metimos en el río; yo disfrutaba de la claridad del agua, del sonido de las hojas de los árboles: al ser acariciadas por la brisa, estas caían en la superficie del agua e iban río abajo; disfrutaba de los pequeños rayos de sol que bajaban a través de la copa de los árboles y me abrazaban con ternura para calentarme y secar mi largo cabello. Me regocijaba por la tranquilidad y la belleza de este paraíso de dioses, sentada en medio del agua sobre una roca.

Mi hermano chapoteaba del otro lado del río; mi padre se acercó con mucho cuidado y lo llamó; luego, nos dijo:

—¿Quieren ver dónde viven los peces?

—¡Síii, síii! —contestamos.

Después, me pidió que bajara de la roca con mucha calma sin perturbar el agua, y así lo hice; él, con gran cuidado, levantó la roca con una mano y deslizó sus dedos por debajo de la otra, y de ella sacó un pez: nos dijo que ese era un pez de río, que ellos vivían debajo de las rocas para protegerse del hombre y de los animales que pudieran causarles algún daño. Por último, lo dejó libre y este se fue asustado nadando río arriba para poder esconderse entre otras rocas.

Papá salió del río con mi hermano y me quedé pensando que nunca me había imaginado que estaría sentada sobre la casa de un pez. De pronto, mis pensamientos fueron interrumpidos por un retortijón en el estómago... Al cabo de quince minutos, llegó un niño: estaba descalzo, con los pies manchados por la tierra, aparentaba unos ocho años de edad, tenía la piel quemada por el sol, el cabello quemado y seco, ojos grandes, y su única vestimenta eran unos *shorts* marrones, ya desteñidos por el uso.

Venía cargado con una bandeja tejida con ramas de árboles; me acerqué y observé que traía varias arepas hechas de maíz pilao, rellenas con cuajada.

El niño le dijo a mi padre:

—¡Señor! Aquí le manda mi mamá.

Mi padre nos dijo que nos acercáramos; luego, agarró la bandeja con ambas manos; después de darle las gracias al niño, nos dijo:

—Séquense y coman, que ya nos vamos.

Yo estaba realmente asombrada, porque no comprendía cómo del medio de la nada había aparecido ese niño con una bandeja llena de arepas en el momento justo cuando realmente teníamos hambre, y tampoco habíamos visto una sola casa en una hora de camino desde el último pueblo. Pero ya que el hambre era más grande que la razón, me dispuse a ignorar la situación por un buen rato mientras comía.

Al terminar de comer, nos arreglamos y mi padre nos pidió que lo acompañáramos; cruzamos la carretera, se sentía el silencio de la nada; luego, detrás de unos frondosos árboles, pudimos ver una casa hecha de bahareque: en la parte de afuera, cerca de un pilón de moler maíz, había una señora de piel morena, robusta, bañada de sol, que usaba un vestido de color carne, algo desgarrado y muy desteñido de tanto uso, y calzaba unas apalgatas de cocuiza, ya rotas y llenas de lodo; en la cabeza llevaba puesto un pañuelo para cubrirse del sol.

Volteó su cabeza suavemente y, al vernos llegar, con las manos nos saludó desde lejos. A medida que nos íbamos acercando, salían tres niños de la casa; a uno de ellos pude reconocerlo: es quien nos había llevado las arepas con anterioridad; los otros dos eran sus hermanos.

Papá nos presentó a la señora como doña Elena y posteriormente nos explicó que ella lo conocía desde hacía veinticinco años aproximadamente, hija de una señora que murió hace algún tiempo. Cuando él era más joven, una vez que llegó a bañarse con otros familiares, la madre de doña Elena, la señora Asunción, estaba en el río lavando ropa; luego, ellos se pusieron a conversar de la familia; en eso, mi padre le comentó que él se acordaba de su madre cuando ella se levantaba a las dos y media de la mañana a pilar el maíz y a hacer las arepas para su padre, que tenía que irse a trabajar a un pueblo lejano a las cuatro de la madrugada. Él le comentaba cuánto extrañaba aquellas arepas, ya que se había ido de su casa a los catorce años, y no las había vuelto a comer.

Ella, con gran dulzura, lo miró y le dijo:

—¡Espéreme que ahorita vuelvo!

Alrededor de una hora más tarde, la señora regresó con una cesta llena de arepas de maíz pilao.

Esa tradición pasó después a manos de su hija, quien cada vez que ve a mi padre llegar a Chupulún, le lleva una cesta de arepas rellenas con cuajada, que ellos llaman "embutido".

Después de visitar a doña Elena, nos despedimos muy cariñosamente y seguimos nuestro camino cuesta arriba a la Loma de Bonilla.

En la orilla del cielo

Recorrimos una hora de camino, ya que mi padre es muy cauteloso manejando. Él dice que poco a poco se llega lejos, y como mi madre afirma: "Del apuro sólo queda el cansancio". Empezamos a ver pequeños caseríos donde todas las viviendas estaban hechas de bahareque; esto es una estructura de varas vegetales entretejidas, recubiertas con lodo y barro mezclados con paja, techos con soporte de madera y cubiertos por zinc.

Tenían grandes patios repletos de gallinas, donde pude observar que abundaban los bananos.

Las personas se veían muy sencillas, tenían vestimenta muy ligera; las señoras usaban vestidos que les llegaban por debajo de las rodillas y se notaba el desgaste de su ropa; los niños usaban en su mayoría *shorts* y franelas, y caminaban con apalgatas o chancletas.

Al entrar a la Loma de Bonilla, mi padre saludó a todos sus habitantes desde el automóvil, y todo el que nos veía pasar nos saludaba con gran cariño.

Tanto cariño se debía a que todos en la Loma lo conocían desde muy pequeño y sabían que él era el maraco de Fidel –esto quiere decir que es el hijo menor–; al mismo tiempo, mi padre siempre fue un niño muy suspicaz y muy extrovertido, eso sin dejar de mencionar que todos los habitantes de aquel lugar son de una u otra forma familia nuestra.

Al llegar a la Loma, nos bajamos a saludar y a conocer a mi tía Betty, quien nos recibió con mucho cariño; luego, seguimos y bajamos a conocer a mi tío Astemio, a su esposa y a su hijo mayor, quien aún vivía con ellos porque no había querido casarse todavía por el amor a sus padres, no podía vivir sin ellos.

Después, seguimos nuestro camino y llegamos a la finca de mi abuelo; ahí salió a recibirnos mi tía Rosa. Ella es una señora mayor de unos sesenta y cinco años de edad; tenía un vestido azul marino con flores rosadas y amarillas, y calzaba zapatos de lona. También salió a recibirnos el abuelo Fidel, quien es un viejito muy simpático, en cuya cara se ve el cansancio y el agotamiento por el trabajo con la tierra, aunque sus ojos brillan, como brillan los ojos de un niño al ver a su madre de vuelta.

La alegría de mi abuelo fue muy grande, al mismo tiempo que la sorpresa de conocernos a mi hermano y a mí, ya que, de los cinco hijos de mi padre, sólo faltaba conocernos a nosotros dos. Mis hermanos mayores siempre visitaban la Loma cada dos o tres años, y hacía ya mucho que no lo hacían.

El abuelo nos dio un abrazo muy fuerte; mi tía nos hizo pasar a la casa y le dio instrucciones a un primo nuestro para que nos enseñara nuestras habitaciones.

Era una casa grande, con dos entradas. Pasamos por un solar a cuyos costados había una canal para recoger agua cuando llovía, y esta caía y se almacenaba en cuatro pipas: es así como les dicen a los pipotes de metal para almacenar agua. La casa estaba hecha con paredes de bahareque.

Al atravesar la parte interior, pasamos directamente por el comedor, cuya puerta trasera se comunicaba con un pasillo interno que daba a la sala principal, y este, a las habitaciones. Aunque mi padre había fabricado habitaciones extra en la parte trasera de la casa para que nosotros estuviéramos más a gusto, nos correspondió por las cuatro primeras noches dormir en las habitaciones antiguas de la casa hasta que las nuevas se ventilaran, ya que habían estado cerradas por mucho tiempo.

Por otro lado, el abuelo Fidel se retiró a su habitación, pero de pronto regresó con un cuatro para celebrar con música nuestra llegada.

Estuvimos en el solar de la casa, aproximadamente cuatro horas. Después de celebrar nuestra llegada con refrescos, leche, dulce de plátano y posteriormente el almuerzo a las cinco de la tarde, nos retiramos a dormir como a las siete de la noche, cosa que no pude hacer, porque era la primera vez que pasaba la noche fuera de mi hogar y lejos de mi madre; también con eso colaboró el frío que había: los techos de zinc se humedecían por dentro por la evaporación del calor que había en el día; tampoco dejaron dormir los grillos, los sapos, las luciérnagas y los animales de la noche, que me tenían aterrorizada.

Camino al paraíso

Antes de las seis de la mañana, me levanté con el canto del gallo. Una hora después, al entrar al comedor pasando por un corredor, me sorprendí al ver el suculento banquete que mi tía había preparado como desayuno; quedé completamente asombrada, ya que aquello, en vez de desayuno, parecía almuerzo de dioses, con la mesa repleta de comida: una cesta llena de queso redondo envuelto en hojas de plátano y una torre de arepas muy delgadas, tanto, que al tratar de abrirlas por la mitad se me deshicieron en las manos; también había un tarro lleno con una mantequilla muy blanca: pregunté a qué se debía su color y ella me explicó que como estaba hecha en casa no tenía colorantes artificiales, como la que venden en los mercados.

Además, había una vasija de barro llena de una nata espesa, casi blanca, que me explicaron que era nata de cabra, muy parecida a lo que en la ciudad llamamos "natilla", pero esta era hecha en casa; había aguacates recién bajados de la mata y dos botellas de leche de vaca recién ordeñada, que no me gustó mucho porque aún estaba caliente. Algo muy extraño para mí era el color anaranjado de las yemas de los huevos; nunca había visto los huevos de ese color, porque en Caracas todas las yemas eran amarillas. También había un plato con atún y otro con sardinas que no eran naturales, ya que papá las había llevado en latas.

Me senté a desayunar; mi tía Rosa me sirvió un jarrón lleno de café negro que ella había cosechado en el patio trasero de la casa y que había puesto a secar en el fogón unos días antes, sobre una superficie de latón: ella misma había creado ese fogón antes de llegar nosotros.

Cuando terminamos de comer, nos encaminamos a conocer a los habitantes y familiares de la Loma. Tuvimos que pasar con mucho cuidado por el patio trasero de la casa, ya que en ese lugar había matas de cactus que hacía tiempo no se podaba; mi tía vivía sola con el abuelo y no había podido limpiar ese terreno: este era un trabajo muy duro para una mujer sola y aun más para el abuelo; además, ella pasaba la mayor parte del día atendiendo la casa, las tierras y los animales; sus hijos ya no vivían con ella y muy pocas veces venían a visitarla.

Salimos de la propiedad de mi abuelo, caminamos un largo trecho por la pradera; mi alma se engrandecía al ver tanta belleza; lo mismo sintió mi hermano José. Por un instante, sólo pensé en mi madre y en la tristeza que estaba viviendo; en ese momento, deseaba que ella pudiera estar con nosotros, para que viera ese hermoso paisaje; me entristecí por un instante al pensar que ella todo el tiempo estaba encerrada en la casa ocupándose de nosotros, planchando, fregando, limpiando y ocupándose de todos los deberes del hogar, sin tener un solo día de disfrute y recreación fuera de ese monótono mundo del hogar.

El ambiente de pronto se veía lleno de neblina, se podía escuchar el susurro del viento; mi hermano se había adelantado; luego, sentí un aroma de leña quemándose: andaba por un camino muy angosto donde había un terreno cercado, con una casa muy pequeña. Al acercarme, una anciana se asomó por la ventana de su cocina; era ella la que había prendido fuego a la leña para cocinar. Me hizo señas para que me acercara y me invitó a pasar a su casa.

Al bordear la casa en la entrada, había un señor mayor, blanco, robusto, vestido con un pantalón de caqui y camisa blanca remangada; llevaba un sombrero marrón, tenía bigotes muy gruesos y estaba reclinado en una silla de madera al borde de la puerta. Me vio, se sonrió y me saludó como si me conociera. Al entrar a la casa de la señora Vicenta, ella nos saludó con mucho cariño; lo mismo hicimos, fue como si nos conociera desde hace mucho tiempo. Me invitó a sentarme, y me preguntó por mi madre y mis hermanos mayores, quienes se habían quedado en Caracas. Estuve un buen rato conversando con ella, cuando la interrumpí diciéndole que me tenía que ir porque mi hermano se había adelantado; luego, el esposo de ella me dijo que no me preocupara porque lo había visto pasar hacia la laguna y estaba sentado en la orilla viendo los peces y los patos; como aseguró que él se iba a acercar a ver cómo estaba, yo me quedé un rato más en la casa.

Mi padre nos alcanzó, saludó con un cariñoso abrazo a la señora y nos acompañó el resto de la mañana.

Seguimos nuestro camino y, al poco tiempo, llegamos al borde de una meseta: pudimos ver un campo de siembra con dos tonalidades de verdes muy hermosos; en la parte trasera, se veía una casa muy bonita con techos rojos y paredes blancas que más bien parecía un punto blanco en medio del jardín.

Este era el paraíso; era maravilloso y reconfortante ver toda esa naturaleza.

Papá nos informó hasta dónde llegaban los límites de la propiedad del abuelo; esa meseta es también de la familia.

Al salir de la colina, bajamos por un atajo rocoso a la casa de una viejecita muy dulce que al llegar nos recibió con mucho cariño y con algunos besos: era una vivienda humilde donde había una sala amplia, con el piso de cemento y, pocos muebles, sólo seis sillas de jardín y una pequeña mesa de madera.

La señora se sentó con la ayuda de sus nietos, ya que no podía ver bien con un ojo, y entre su ceguera se dirigió a mí y a mi hermano, y nos dijo:

—Así que ustedes son los que faltaban por conocer...

Y a mi hermano le dijo:

—Tú eres el maraco de Venancio.

Queriendo decir de esta forma que él era el hijo menor (así se expresan en el campo).

La señora me observó con dulzura y me dijo:

—Tú debes parecerte a tu madre, porque eres muy linda.

Luego de este comentario, salieron varias personas del interior de la casa hacia la sala, y fuimos presentados a cada miembro de la familia; luego, enviaron a uno de los niños a buscar a nuestros parientes que vivían en los alrededores para que nos conocieran.

Pasamos el resto del día muy ameno en esa humilde casa, llena de mucho amor y calor humano.

Al regreso, a lo lejos vi a mi abuelo metido entre la maleza, excavando con un pico la tierra. Se veía muy agotado; tenía una franela enrollada y encima un sombrero de paja, para evitar que el sol le calentara la cabeza. Nos acercamos a él y mi padre le preguntó:

—Papá, ¿qué está haciendo?

—Estoy excavando unos huecos para acomodar la cerca, tengo que arrimarlas más porque las que están allá se cayeron, las lluvias humedecieron el suelo y los palos que las sostienen no estaban enterrados, ya llevo seis.

—Pero papá, usted no sabe que eso le hace daño, ya usted no puede estar haciendo tanta fuerza, deje que eso lo arregle yo en la mañana.

—¡Pero bueno! Usted cree que yo soy un viejo inútil, que ya no puedo hacer nada; toda mi vida he hecho esto, así que no me diga lo que tengo que hacer.

—Está bien, papá, pero ya es tarde, por qué no va y se da un baño, y mañana yo lo ayudo a levantar la cerca.

El abuelo se veía muy agotado, respiraba con mucha dificultad, su cara estaba roja del sol que había recibido en la tarde. Yo lo agarré de un brazo y lo llevé hacia la entrada principal de la casa; se sentó en una silla y mi padre le trajo una bebida bien fría y le dio unos calmantes, ya que le dolía mucho el oído.

Luego, le pregunté:

—Abuelo, ¿cómo se siente?

—Bueno, así, así, m'ija, siento unas mariposas en mi cabeza que suenan y suenan como grillos, y me duelen mucho los oídos. Pero eso después se me pasa.

Al refrescarse, le ayudamos a entrar a su habitación, la cual estaba al lado de la entrada donde él estaba sentado.

La habitación era pequeña, pero las paredes estaban forradas de muchos sombreros, que a lo largo del tiempo mi padre le había regalado en algunos de sus cumpleaños y mi abuelo no había llegado a usar; en total, había veintiséis sombreros muy elegantes y dos de ellos de pajilla, que eran los que más usaba, para trabajar debajo del sol.

También en la habitación había cinco trajes muy elegantes colgados en un rincón, dentro de unas bolsas de plástico, y dos de ellos eran de gabardina; aparte de eso, su ropa de diario, que era la que más usaba.

La habitación era muy modesta: sólo una cama pequeña, una mesa de noche y un escaparate sencillo, con el piso de cemento y sin ventanas; él mismo años atrás pidió que le construyeran este cuarto a la entrada de la casa con una puerta independiente, porque no quería estar dentro de la casa sino aislado, ya que no le gusta que lo molesten ni que le hagan bulla.

Al salir de la habitación, mi padre me explicó que el abuelo sufría de dolor del oído derecho desde hacía ya varios años, y que esta enfermedad la tendría hasta el día de su muerte; él lo había llevado a diversos médicos y especialistas: ninguno de ellos había podido diagnosticar con veracidad la enfermedad, y muchos de ellos decían que era una enfermedad incurable.

Así que sólo había que mantenerlo lo más cómodo posible y, cada vez que esta lo atacara, proporcionarle calmantes, que lo ayudarían a aliviar el dolor, pero no a curarlo.

Noche de terror

Llegó la noche y, con ella, los sapos y animales nocturnos; nuevamente no podía dormir aunque estaba muy cansada, pensaba mucho en mi mamá y constantemente me abrigaba la cabeza con las cobijas de lana. Estaba muy oscuro, tanto, que no podía verme la palma de las manos; nunca pude dormir sin luz; sentía el aleteo de algunas cucarachas y el volar de algunos grillos o taras. Las ventanas no podían abrirse de noche, ya que todos los animales nocturnos se meterían en la casa; tampoco tenían cortinas, porque en estas casas la gente no las usaba: siempre estaba en contacto con la naturaleza; además, el viento soplaba con fuerza, entraba mucho polvo y ensuciaba la casa con frecuencia. De pronto, como a las diez de la noche, se abrió la puerta de la habitación; el chillido de la puerta fue aterrador, yo pensé que era un fantasma y mil cosas más pasaron por mi mente: en casa, mis hermanos mayores siempre me estaban asustando con cuentos de espantos y terror, me halaban la cobija cuando dormía y me agarraban por los pies; a veces, me salpicaban agua en la cara o le sacaban la cabeza a mi muñeca para jugar béisbol. Siempre me hacían llorar de uno u otro modo.

Al abrirse la puerta, mi hermano se despertó y también se asustó; de pronto, vimos una sombra en forma de figura humana, que nos dijo:

—¡No me digan que están asustados! ¡Mira pues! Tan grandotes y tan miedosos que son. Por eso es que dicen que la gente de la ciudad no tiene guáramo para las cosas, porque de todo se asusta. Acompáñenme, que voy a enseñarles algo; seguro que nunca lo habían visto.

Mi primo tenía en las manos un frasco agarrado con mucho cuidado; se acercó a nosotros, nos mostró dos luciérnagas que había atrapado de un árbol y nos dijo:

—Aquí tienen una lámpara, para que no se asusten y puedan dormir.

Mi hermano y yo nos acercamos a él y observamos con mucha atención. Yo dije:

—¡¡Qué lindo!!, ¿cómo hiciste eso? ¿Qué es?

Mi primo nos contestó a mi hermano y a mí:

—Luciérnagas, ¿quieren verlas en el árbol?

—¡Sí, claro! —respondimos.

—Vengan y acompáñenme, pero traigan las linternas, porque allá afuera está muy oscuro y pueden pisar un sapo o una rana.

Salimos de la casa por la puerta del frente donde está el árbol de limones, pasamos por el patio principal, llegamos al árbol de guayaba y volteamos las linternas hacia el piso, para no molestar a las luciérnagas; luego, al mover las ramas, todas comenzaron a volar con el viento, despidiendo un cometa de luz, que daba la sensación de estar viendo estrellas muy bajas al alcance de las manos.

Fue muy emocionante; nos devolvimos a la casa y mi primo nos dijo que no nos preocupáramos por las luciérnagas, porque regresarían nuevamente al árbol al ver que no había peligro.

—¡Hasta mañana, pues! Y no se asusten, que aquí no hay más espantos que los que hay en Caracas.

Y así volvimos a la habitación; luego de esto, nos quedamos completamente dormidos.

En la mañana del domingo, salimos muy temprano, casi a las seis, después de liberar a las luciérnagas del frasco en el árbol de guayaba.

CARACHE

Al amanecer, nos dirigimos a un pueblo llamado Carache, mejor conocido como "La tierra de la amable libertad", porque allí se dio el primer grito de libertad en el año 1781.

Nos bajamos en algunos negocios; era asombroso ver que en alguna de estas tiendas se podía encontrar desde un alfiler hasta una pieza para el baño. Todo lo tenían, no había nada que sus dueños no comercializaran en sus tiendas; estas ocupaban toda la sala de sus casas y, poco a poco, ellos la ampliaban. Mi padre observaba con gran alegría, y nos dijo que el pueblo había cambiado desde que él no lo visitaba. Había muchas caras nuevas: muchas personas estaban llegando de las ciudades cercanas como Barquisimeto para establecerse en Carache y sus alrededores, ya que este se comunica con el resto del país por medio de una carretera que conecta Trujillo con Barquisimeto.

Nos detuvimos alrededor de la plaza. Lo primero que hicimos fue entrar a la iglesia, donde observamos sus ricas decoraciones y ornamentos; los muebles eran antiguos y las paredes estaban llenas de decoraciones de oro. Saludamos al cura de esa iglesia, quien era amigo de mi padre. Luego, nos dirigimos a la farmacia; fue una maravillosa experiencia estar en ese lugar, porque pude sentir y trasladarme a la época de la juventud de mi padre, ya que la decoración y el mobiliario son de antaño, y esto constituye un verdadero viaje al pasado.

Al salir de allí, nos dirigimos a la única tienda de venta de sombreros y trajes de liqui-liqui, la del señor José Villegas, muy amigo de mi padre y muy amigo de nuestros abuelos, ya que crecieron y jugaron juntos. Ahí estuvieron recordando viejos tiempos.

Carache es un pueblo tranquilo y hermoso, donde habitan personas amables, agradables, dispuestas a recibir a los turistas como si fueran de su propia casa; es un lugar acogedor.

El misterio del señor rico

Fuimos a un pueblo llamado La Cuchilla, en el cual tuvimos que pasar por un matadero donde papá vende el ganado; ahí compramos carne de res fresca.

Fue una triste experiencia para mí ver un lugar tan oscuro y dramático para los animales; mi piel se erizó cuando papá regresó al auto y me dio una bolsa llena de carne que aún estaba tibia, ya que al toro lo habían acabado de matar.

Este pueblo queda a unos treinta o cuarenta minutos de la Loma de Bonilla. El ambiente se sentía muy frío y el viento soplaba con fuerza; las casas por ahí eran con techos de zinc, y había grandes gallineros alrededor de ellas.

Luego de esto, seguimos nuestro camino a otro pueblo llamado Escuque.

Este se conoce como "La tierra de las nubes"; es un lugar donde abundan las flores. Al principio fue aquí donde se fundó la ciudad de Trujillo, y a causa de los frecuentes despoblamientos surgidos en la época de la colonia, se quedó con el nombre que actualmente tiene. El nombre deriva de la voz indígena *skuke*, de la tribu sukukeyes.

En este pueblo se encuentra la Iglesia del Niño Jesús de Escuque, donde se venera la milagrosa imagen del Niño

Jesús traída de España hace trescientos sesenta años; en su pila fue bautizado el doctor José Gregorio Hernández.

La Cuchilla era un lugar de ambiente tranquilo, donde el viento soplaba y la brisa rozaba mi rostro. Este era un pueblo donde el tiempo parecía haberse detenido y su gente se veía confiada, segura y sin ninguna maldad.

Llegamos a la casa de unas personas amigas de la familia de mi padre y mi abuelo; todas ellas nos saludaban con gran entusiasmo, y me dio la ligera impresión de que no pasaban muchos visitantes por este lugar; lo que más me asombró mientras estábamos en el solar de la casa fue cuando una multitud de niños se presentaron y dijeron en voz alta:

—¡Llegó! ¡Llegó!

—¡Llegó el señor rico!

Un niño emocionado salió corriendo hacia mi padre y se detuvo frente a él con los ojos brillantes; luego, extendió los brazos y mi padre lo abrazó, saludándolo con mucho cariño. El niño le dijo:

—¡Hola, señor rico!

Al cabo de unos minutos, comprendí por qué llamaban a mi padre de esa forma.

Mi padre sacó de uno de sus bolsillos una bolsa de tela, llena de monedas de un bolívar; los niños observaron cuidadosamente y luego fueron acercándose uno por uno, y él le entregó a cada uno dos monedas; a medida que recogían el dinero e iban saliendo de la casa, llegaban más y más niños. Al cabo de un rato, la bolsa quedó vacía; mi padre les ofreció más dinero para la próxima visita que él hiciera a esa casa. Los niños se fueron contentos, y nosotros seguimos saludando al resto de los habitantes de esa morada.

De más está decirles que nos recibieron con mucho cariño y afecto; por lo visto, esta es una costumbre que tienen todas las personas de los pueblos: reciben a sus visitantes como a su propia familia, sin ningún tipo de distinciones sociales, culturales o raciales.

La señora Josefina se acercó a mí y me preguntó:

—¿Tú eres la hija de Venancio?

Entonces, mi padre interrumpió y, con gran orgullo, le contestó:

—Claro que sí, es que no está viendo usted el parecido, es igualita a mí.

La señora se rió, diciéndole:

—No sea usted majadero, que usted es muy feo; la niña es muy bonita, debe ser igual a su madre, aunque el niño tiene los ojos suyos, y él también es muy buen mozo.

Mi padre sonrió con picardía y contestó:

—Eso es para que usted vea que yo todo lo hago bonito.

Y la señora Josefina y el señor José, junto al resto de las personas que estaban en el solar, se desmoronaron de la risa. Seguimos refrescándonos con guarapo de papelón y comimos galletas de plátano que nos habían brindado.

Luego, le preguntaron a mi hermano:

—¿Y cómo está Rosa?

—¿Cómo están Fidel y Betty?

La pregunta se debía a que mi abuelo Fidel y sus ancestros fueron los primeros habitantes de la Loma de Bonilla, por lo cual los conocía mucha gente que sentía un gran respeto por ellos.

Él les contestó que todos estaban bien y ellos nos preguntaron por qué no habíamos llevado a mamá al viaje, si es que acaso no le gustaba viajar o no le gustaba ir a la Loma.

Esa pregunta la dejamos para que la contestara papá; hubo un profundo silencio por un instante y luego papá continuó hablando de la siembra y del ganado que había tenido que vender para cubrir algunas deudas.

Después, pasamos a la parte trasera de la casa, donde había un enorme y frondoso árbol de aguacates; cuando la señora fue a buscar una vara para tumbar los aguacates, mi padre me dijo:

—M'ija, este árbol a mí me gusta mucho, porque yo me montaba en él desde que era muchacho, tenía ocho años cuando mi padre me traía. Una vez, por tratar de alcanzar el aguacate más grande y por tratar de competir con mi hermano Astemio, fue que me caí de frente, me rompí la boca y se me salió este diente que usted ve aquí, y luego, de grande, me tuve que poner este de oro, cuando el oro era barato; después de esto, tu abuelo no me trajo más para esta casa, hasta que creciera y no estuviera moneándome en los árboles. Pero m'ija, cómo recuerdo esos días, yo era feliz… Hay que ver que uno cuando está pequeño no piensa en el peligro, sino que lo único que le interesa es el momento para jugar y divertirse.

Pasamos una mañana muy agradable; de regreso, nos detuvimos en la entrada del pueblo para observarlo; luego, seguimos nuestro camino.

De aquí nos dirigimos a la casa de la prima Juana, que quedaba en la orilla de la carretera, saliendo de Carache hacia la Loma; la casa estaba situada en una colina inclinada hacia un despeñadero poco común. A lo lejos se veía un río que atravesaba todo el valle; daba la impresión de que ese lugar fue en algún momento hogar y refugio de dinosaurios.

Llegamos a la casa de la prima Juana; en la entrada abundan enormes rocas que me llamaron mucho la atención. Le compramos un saco de caraotas negras, ya que ella las cultiva y son las más grandes en toda la región;

cada una medía un centímetro aproximadamente, y eso sin hablar de lo ricas que quedan al ser cocinadas: quedan tan blandas que se vuelven una crema en la olla, según cuentan allí.

Me senté en una de las rocas en el patio, que estaba cubierta por un paño; cuando me levanté, el paño se cayó: cuál fue mi asombro al ver que la roca estaba tallada y pintada con figuras de animales; aunque en una oportunidad visité el Museo de Ciencias en Caracas y pude apreciar muestras precolombinas muy similares a las que había en ese lugar, no sabría decirles de qué época era la piedra. En ese instante, le pregunté a mi prima:

—¿Dónde encontraron esa roca?

Y me contestó:

—Por aquí hay muchas y allá abajo; acércate para acá, hay montones de piedras como esta, lo que pasa es que esta y otras dos ya estaban aquí cuando nosotros llegamos, y yo no sé quién las habrá pintado. Mira, a mitad de este barranco hay una cueva, lo sé porque Chicho una vez se cayó por ahí pa' abajo, y si no fuera por un árbol que estaba atravesado, ahorita no te lo estaría contando. Después de eso fue que mandamos a poner la cerca y sembramos esos árboles que usted ve ahí.

—Bueno, ¿qué era lo que me estaba diciendo de la cueva?

—Aah, que ahí abajo hay una cueva, los viejos nos decían que estaban habitadas por duendes y si las personas llegaban a bajar, más nunca las encontrarían.

—¿Y tú no sabes qué hay en esa cueva?

—Una vez, los amigos de Chicho llegaron a bajar, aunque sólo uno pudo entrar, porque era muy estrecha y estaba muy oscura, pero entre la oscuridad hallaron unos objetos muy raros.

—¿Qué clase de objetos?

—Aah, bueno, eso parecía como unas figuras y otras cosas hechas en barro.

—¿Y qué hicieron con esos objetos?

—Uno se lo llevó un muchacho de Maracaibo, y los otros yo no sé qué los hicieron. Pero bueno, m'ija, ¿por qué usted me está preguntando tanto por esas cosas?

—Sólo quiero saber... ¿Y alguien más ha tratado de bajar o ha sabido de esa cueva?

—No, nadie, m'ija, sólo nosotros y los muchachos de por aquí, pero nadie se arriesga a ver qué hay, porque ese barranco es muy peligroso, además de ahí salen espantos, y hay que respetar lo que no se conoce. Una vez, desde aquí arriba, vimos que había una luz en la cueva, y eso deben ser los duendes, m'ija.

Mi asombro fue total, no podía creer que hubiese tanto desconocimiento de los habitantes de esta zona. Tenían las raíces de nuestra civilización en sus manos y no lo sabían; para ellos, esto era un cuento de duendes y espantos, cuando en realidad era una pieza muy importante del rompecabezas de nuestra descendencia desde –tal vez– la prehistoria.

Por mi mente pasaron muchas cosas, quería que el mundo supiera de ese descubrimiento, pero al mismo tiempo pensaba en la reacción que eso podía ocasionar en este lugar. Pensé en avisarles a las personas del Museo de Ciencias en Caracas, pero más tarde me dijeron que no lo hiciera, ya que los descubrimientos que se encontraban en este país eran vendidos a museos de otros países. Y a decir verdad, quién le iba a creer a una niña. Todo quedó así.

Un dia de cacería

Salimos al amanecer. Yo llevaba un *flower*, que es un rifle de aire para cazar animales pequeños, y mi hermano llevaba una resortera.

Mi padre nos dijo:

—Sólo se mata a un animal si se lo van a comer, de lo contrario no lo hagan, ya que eso es un pecado y no hay necesidad de hacerlo.

Él no acostumbraba a cazar, pero quiso enseñarnos cómo apuntar y atrapar a un pájaro por si alguna vez nos encontrábamos solos en alguna selva o en algún lugar desierto: esto nos serviría para que aprendiéramos a buscar que comer y no morirnos de hambre en espera de ser rescatados.

Caminamos una media hora y llegamos a los linderos de la hacienda del señor Juancho; esta se hallaba deshabitada, ya que sus antiguos habitantes vivían desde hacía algún tiempo en la ciudad de Maracaibo.

Nos escondimos entre la maleza, para esperar el ave adecuada. Vimos variedad de pájaros que descendían en la hierba para comer insectos y semillas; entre ellos abundaban los azulejos, los cristofué y los canarios de colores.

Quedé encantada con la gran variedad de aves que pude apreciar. Mi hermano quería derribar cualquier ave, ya que, por su inocencia y por lo pequeño que era, todo lo veía como un simple juego y no como algo serio; mi padre le explicó que sólo había un tipo de ave que podía cazar en esas montañas y que, cuando descendiera, él nos avisaría.

Después de cuarenta minutos de espera, llegaron las codornices, que se escondían en los arbustos que dividían la hacienda del señor Juancho y el camino. Al quedarse inmóviles, nosotros les apuntamos y les disparamos, pero no pudimos darle a ninguna; luego se posaron en la grama, pero ahí fue más difícil para nosotros cazarlas, ya que teníamos poca visibilidad y ellas saltaban mucho; después, al levantarse mi hermano, que estaba muy inquieto, los pájaros se percataron de que estábamos ahí y volaron hacia los arbustos que dividen la propiedad. Mi padre, con mucho cuidado, casi arrastrándose para buscar una mejor posición, se alejó de nosotros; pudo dispararle a una codorniz, pero esta, en su vuelo desesperado, cruzó los linderos de la hacienda. Mi padre trató de rescatarla, algo inútil, ya que el pájaro pudo escapar hacia el valle.

Después de media mañana de cacería, volvimos a la Loma. Al llegar, encontramos que mi tía Rosa había matado una gallina para el almuerzo; papá le dijo que me la dejara para que aprendiera a desplumarla, y ella buscó una olla con agua hirviendo y la metió por completo; al cabo de cinco minutos, me dijo:

—Hala fuerte las plumas, para que se le desprendan mientras el agua esté caliente, porque al enfriarse ya no podemos despegárselas.

Yo, con miedo, agarré la gallina e hice lo que me dijo, pero no sirvió de mucho, ya que mi lástima y el miedo que sentí por aquel animal muerto fueron tan grandes que mi tía se dio cuenta y me dijo:

—Nunca le tenga lástima a un animal si es para comer, porque lástima da no tener un bocado que llevarse a la boca, y tener que pasar hambre.

Ella tomó la gallina y se fue a la cocina, y yo me quedé en el patio lateral de la casa, en donde están la siembra de café y los árboles de limones, pensando en lo que ella había dicho, mientras limpiaba el patio, lavaba la sangre que había soltado la gallina y barría las plumas.

Luego de esto, me acordé de mi hogar y de mi madre, y pensé en lo cómoda que es la vida en Caracas; nunca me hubiese imaginado que aquí en el campo, para comer, había que cazar o matar a algún animal, cuando en mi hogar sólo salíamos al mercado y comprábamos el pollo o la carne ya preparados.

Quién iba a pensar que, para tener un litro de leche en su nevera, había que levantarse a las cinco de la mañana y ordeñar una vaca, o hacer trueque de café por leche de cabra, cuando en Caracas sólo debías ir al mercado o a la bodega y pedir los mismos productos por unas cuantas monedas; quién iba a pensar que, para comerse un trozo de queso, había que fermentar la leche y luego tratarle por varios meses hasta conseguir la consistencia y el producto adecuados, cuando en la ciudad tenía que pedirse en el mercado y eso es todo.

¡Una experiencia maravillosa la que pasamos este día de cacería!

Recuerdos del alma

Por mi mente pasó un cálido recuerdo: me veo en casa con nueve años de edad aproximadamente, después de haber dormido la siesta, sentada y haciendo mis tareas escolares; mi madre acaba de apagar la radio, donde estuvo escuchando la novela "Martín Valiente, el ahijado de la muerte". Recuerdo que, al terminar la novela, ella enciende el fogón y pone a hervir una paila con agua; está de pie a espaldas mías, recién bañada y aún con la bata húmeda pegándose a su cuerpo, el cabello corto mojado. Un rayo de sol penetra por la puerta que va hacia el pasillo del baño; muy discretamente, como pidiendo permiso para entrar, arropa a mi madre con sus rayos, dándole un tierno calor; el aroma del café comienza a salir de la bolsa recién colado, se percibe un silencio total. Ella se acerca a mí poco a poco y entre sus manos trae una taza de café con leche, lo coloca sobre la mesa, siempre el cafecito con leche para la merienda, para tener fuerzas y continuar haciendo mis tareas.

Mis ojos rebosaban de alegría, al observar a mi madre cada tarde de mi infancia.

Tiernos recuerdos que pasaron por mi mente y jamás me dejarán…

Telicia

Al cabo de unos días, después de recorrer la Loma y todos sus alrededores, visité a la señora Telicia, a quien mucha gente le temía por su duro carácter y su buena puntería. Ella me recibió con gran algarabía; sus ojos verdes fuego me miraron fijamente y su rostro de imperante personalidad atrajo mi atención. Entré lentamente a la casa, sin vacilación y sin temor, y con los brazos abiertos Telicia me recibió: ella y su anciano esposo, quien colgaba de una foto; aunque ya muchos años habían pasado, a su esposo Telicia no había olvidado. Recorría la casa hablando de él, pedía su opinión como si estuviera presente; el tiempo no importaba, sólo en su corazón Armando estaba.

Un día en la mañana, Armando de la casa se alejaba,
con su sombrero y su pala, al otro pueblo caminaba.
En la tarde Telicia lo esperaba,
y pasaban las horas y Armando no llegaba.
A la puesta del sol, Telicia salió a buscarlo,
en el camino ella con vela se alumbraba,
y el soplo del viento a esta apagaba.
En una de esas, ella tropezó y se enredó con una rama,
en el piso fue a llegar con un golpe en la cara y en la espalda.

Al llegar a la casa, casi no recordaba,
la noticia de su esposo fue inhumana.
De este, de tanto trabajar, en el campo quedó el alma,
de cansancio el corazón ya no le funcionaba,
y la pobre Telicia sola se quedaba.

Así pasaron los años y, con ayuda del pueblo, Telicia permaneció viviendo con ganas.

Viviendo y luchando con mucho guáramo, Telicia se levantaba y Armando en la casa, con su retrato y su recuerdo, la acompañaba...

Cuentos y espantos

Después de visitar a doña Telicia, "La tempestad de la Loma", nos dirigimos a casa y encontramos a nuestro hermano que había llegado de visita del Zulia; estaba muy contento. Al caer la tarde, nos reunimos en el solar de la casa cerca de las matas de limones y, al anochecer, comenzaron los cuentos de leyendas y espantos.

Según los habitantes del pueblo, una noche de luna creciente, el señor Jacinto Vega, hijo de un habitante de la Loma, quien había llegado de visita, estaba caminando para llegar a la casa de su padre, cuando de pronto en el camino de la huerta sintió un soplo de aire caliente; al voltear, se dio cuenta de que lo estaba siguiendo una luz que al principio parecía lejana y que, a medida que él caminaba, no parecía que fuera un auto o una moto. La luz se acercaba con más rapidez; de pronto, Jacinto decidió detenerse y preguntó:

—¿Quién está ahí?

Al ver que nadie le contestaba, siguió su rumbo; después de varios metros, la luz continuaba detrás de él; luego, decidió dejarse guiar por esa extraña luz, caminó cuatro cuadras y se desvió del camino hacia un claro donde había un enorme árbol. La luz se detuvo al pie del árbol y no volvió a aparecer.

Jacinto continuó su camino y al día siguiente se acercó al mismo árbol, con una pala y una jarra de agua bendita; primero, bañó la tierra, rezó un Padrenuestro y se arriesgó a ver qué encontraba; después de cavar un metro, cuál no fue su sorpresa cuando consiguió un pequeño cofre envuelto en pedazos de telas viejas ya deshechas por el tiempo e incoloras. Tomó cuidadosamente el cofre y lo desenterró; luego, puso nuevamente la tierra en su lugar, se levantó, recogió su pala y su jarra de agua bendita, y se retiró lentamente para la casa paterna. Al llegar a esta, se sentó al lado de su padre y colocó lentamente el cofre en la mesa, tras lo cual lo examinó con cautela y comenzó a abrirlo: el cofre estaba oxidado por el tiempo. Jacinto tomó un cuchillo e introdujo la punta por la ranura dándole una vuelta con gran cuidado; después, forzó un poco la caja y esta cedió; sus ojos no creían lo que veían: introdujo sus manos en el cofre y sacó varias morocotas de oro, algo sucias por el tiempo y el olvido. Con tres de ellas se compró una casa en Barquisimeto, otra en la Loma para su padre, adquirió una camioneta de carga 350 y abrió una bodega; con las demás nunca se supo qué hizo: lo cierto es que hoy día vive tranquilo con su familia en Barquisimeto (Estado Lara).

Otra de las historias es la de "El enano del camino".

Un señor del pueblo de Carache había subido a visitar a la familia en la Loma, que daría una gran fiesta; tomó tanto licor, que no veía el camino de la borrachera que cargaba. Salió de la fiesta y, por su estado, se cayó al suelo varias veces, tragando tierra y ensuciándose los pantalones; era noche de luna llena. Al pasar entre los árboles del parque adyacente al camino, se encontró a quien creyó que era Pablito, un señor chiquito que vivía al final de la montaña. El borrachín se quedó mirando de lejos al enanito, que vestía un traje y zapatos negros, y un alto sombrero. Decidió llamarlo, levantando su brazo y saludando:

—Epa, Pablito, ¿cómo está la cosa?... ¡Eey, Pablito!, a ti como que te comieron la lengua los ratones...

El enano permanecía inmóvil en el mismo lugar, sin decir ni una sola palabra.

Luego, el borrachín insistió:

—¡Aay, sí! Como te pusiste ese traje, te crees la gran cosa, y ahora no saludas.

Después, poco a poco se acercó al enano, y cuando le iba a poner la mano en el hombro, en ese instante miró sus ojos que ardían como dos bolas de fuego, rojos como la sangre y centelleantes como el infierno mismo. De pronto, el enano desapareció.

Tal fue el susto del borrachín, que súbitamente le quitó la borrachera y dijo:

—A correr, carajo, porque lo que soy yo, no me quedo en esta vaina.

Y así concluyó el cuento del enano y el borrachín.

Otra historia interesante es la de "La mujer del camino".

Mi primo nos contó que una vez vino un compadre de su mamá desde Maracaibo, pero era demasiado sinvergüenza el condenao, le gustaban mucho las mujeres: no podía ver una escoba con faldas porque las seguía a todas partes, y hasta que no le hicieran caso, él no se les despegaba. El compadre, llamado Jesús, llegó a la casa de la abuelita de mi primo pero no podía dormir, porque decía que en Maracaibo se acostaba a medianoche y aquí eran las nueve, y no concebía el sueño; le dijo a la abuela que iba a salir a dar una vueltecita para ver si se cansaba un poco y se acostaba, y así fue. Al regresar del paseo, después de haberse fumado un cigarrillo, se detuvo en la parte lateral de la casa hacia el monte, porque le dieron ganas de orinar y no iba a esperar entrar al baño, así que orinó fuera de la casa, en los matorrales; al terminar, vio en la orilla de la carretera a una hermosa mujer con larga cabellera negra y cara angelical, descalza y con un vestido holgado, suelto, blanco, muy vaporoso. Los ojos a Jesús le brillaron como si hubiese visto a una diosa, y comenzó a seguirla: mientras ella más caminaba, él más lejos la veía; aun así, continuó siguiéndola, hasta llegó al punto de correr detrás de ella. Al alcanzarla, la tomó de un brazo y en lo que ella volteó a verlo, se le convirtió en calavera; el susto de Jesús fue tal, que corrió tan rápido como pudo y, en vez de entrar por la puerta de la casa, al no encontrar las llaves, se metió por una ventana arrancándola y derribándola. La abuela, asustada, se levantó y le dijo:

—Aajá, ¿tú como que ya la viste? Te encontraste con "La mujer del camino", eso te manda por sinvergüenza; ¿qué tiene usted que estar persiguiendo mujeres a medianoche por ahí, por esos caminos tan solos, teniendo su mujer en casa?

—Perdóname, abuela, pero yo no lo vuelvo a hacer… ¿Y qué vaina es esa?, a mí nunca me había pasado algo así.

—Aquí en el campo suceden cosas muy extrañas; no se confíe de la oscuridad ni de los caminos de la noche, porque cualquier cosa le puede aparecer.

Después de eso, pasaron los años y Jesús siguió visitando la Loma, pero en compañía de sus amigos y primos; más nunca volvió a salir solo en las noches de luna llena.

La noche del baile

Papá estaba vestido con un traje negro, de mistolino, unos zapatos de piel color negro, y un gabán que le cubría las piernas y le llegaba cinco dedos por debajo de las rodillas; llevaba un sombrero de gamuza aterciopelado negro, usaba unos lentes y mostraba orgulloso su bastón de roble, pulido, con adornos tallados a mano en la madera, y el mango de plata, con algunas incrustaciones en oro.

Mi hermano y yo teníamos vestimentas muy sencillas, ya que nunca pudimos imaginarnos que al ir de vacaciones a la Loma seríamos invitados a una fiesta formal y en los pueblos adyacentes no vendían ropa acorde con esta situación, sino más bien sencilla como para simplemente caminar en el pueblo, pero aun así estábamos presentables, aunque realmente no nos hacía falta.

El camino estaba muy oscuro; como tuvimos que atravesar un sendero de tierra y algunas propiedades a pie, nos alumbramos con una linterna grande que mi padre llevó.

Al llegar a la propiedad del señor Martínez, vimos que estaba completamente alumbrada; se escuchaba la música desde lejos y se veía llegar gente de todas partes, pero la mayoría eran adultos, sólo había cinco niños.

Llegaban autos de Maracaibo, Barquisimeto, La Fría y Caracas.

Había mesas distribuidas por todo lo ancho de la entrada principal, yo no comprendía por qué tanto alboroto; pero luego me enteré de que la persona a quien estaban homenajeando cumplía ochenta y nueve años, y aún conservaba la fortaleza de un toro y el espíritu de un adolescente.

Después, llegó mi abuelo Fidel; venía con un traje gris con camisa azul clara y sombrero aterciopelado gris de copa baja. Me presentaron a casi todos los invitados, los cuales terminaron siendo de una u otra forma familia mía.

Comenzaron a tocar los músicos; todos estaban sentados y nadie se atrevía a salir a bailar. Tuve el honor de bailar la primera pieza con mi abuelo; bailamos un joropo muy movido y los músicos se asombraron al ver con qué fortaleza y ritmo bailaba el abuelo, ya que era una persona mayor y difícilmente se ven personas así con tanta energía.

Luego de este baile, me invitó la siguiente pieza el cumpleañero: el señor Martínez. Bailaba de la misma forma que mi abuelo y quedé asombrada por el espíritu joven y la energía que tienen estos ancianos; al mismo tiempo, todos los invitados se quedaron extrañados conmigo, porque nunca creyeron que una niña que venía de Caracas pudiera seguir el paso del joropo y del pasodoble. Después de esto, todos comenzaron a bailar.

En la parte trasera de la casa, estaban cocinando a la leña varios lechones, un chivo y una ternera. A los mayores les sirvieron en un vaso pequeño una bebida fuerte. Yo quise agarrar uno para probarlo porque me pareció bastante extraño, pero no me dejaron, ya que esta es una bebida muy fuerte y no era para niños. En el solar, colocaron dos mesas largas y encima sirvieron dulce de leche, huevos de codorniz, dos bandejas con trozos de ternera, picante de leche, tres bandejas con lechones, quesadilla de guayaba, guarapo de papelón, cóctel de frutas para las mujeres y los niños, y muchas cosas más.

Disfruté plenamente de este gran evento, que fue para una persona como yo muy educativo para mi desarrollo personal e intelectual, ya que haberme reunido en la mesa con los ancianos y haber escuchado sus experiencias, sus vidas, sus anécdotas y sus proezas me hizo sentir más adulta, más humana, y me hizo comprender y admirar más a nuestros ancianos, a nuestros abuelos y a nuestros antepasados.

Los abuelos se extrañan, pero los niños que vienen de las ciudades nunca los toman en cuenta; sin embargo, yo en todo momento estuve ahí pendiente de ellos y aprendiendo de ellos.

Un día de pesca

Al amanecer, desperté con mucha tranquilidad. La brisa golpeaba el techo de zinc, el gallo comenzó a cantar desde las cinco de la mañana: este día era muy especial, ya que hoy iríamos a la laguna a pescar, pero no era una pesca cualquiera como lo haría cualquier persona, sino que esta tenía otra técnica de cómo atrapar un pez, según mi padre.

Ya en la laguna, pude observar que era un lugar muy quieto, casi tétrico: la niebla cubría la copa de los árboles, y el agua estaba casi inmóvil y fría; en ella había mucha vegetación, que daba la impresión de no haber sido tocada por el hombre desde hacía tiempo. El lugar era completamente solitario, y únicamente se escuchaban algunos pájaros a lo lejos y el soplar del viento. Nos adentramos un poco en el agua, que se veía más oscura; mi padre tomó un trozo de atún y lo colocó en la palma de su mano, amarrándolo con un pedazo de liana a su alrededor; luego, metió la mano en el agua hasta la muñeca y nos dijo que guardáramos silencio, que ni siquiera se nos escuchara la respiración, y así lo hicimos. Al cabo de unos minutos, vimos ascender del agua la cabeza de un enorme pez, pero nosotros ni siquiera nos movimos, haciéndole creer al pez que éramos parte de la misma naturaleza; después, el pez, confiado, se acercó cada vez más: de pronto, mi padre cerró la mano y con ambas lo atrapó. Fue asombroso ver cómo logró sacar un pez de treinta y cinco centímetros solamente con sus manos.

Luego, quisimos imitarlo, pero nuestras manos eran muy pequeñas, y en dos ocasiones se nos escapó. Papá logró al final atrapar dos peces; aunque le pedimos quedarnos ahí todo el día para agarrar todos los peces que pudiéramos, él nos dijo:

—¡Nunca agarren más peces de los que puedan comer! Todo lo que ustedes quieran de la naturaleza, ella se los dará. Para todo existe un equilibrio, y nunca agarren más de lo que necesitan, sólo por diversión, ya que eso es un pecado y a la naturaleza hay que dejarla seguir su camino.

Música para el alma

Escuchamos un ruido muy fuerte, como de corneta de camión, que se repetía constantemente; mi padre nos dijo que era el autobús que bajaba para Carache cada tres horas, que empezaba su recorrido a las seis de la mañana y terminaba a las seis de la tarde.

Esa también era una forma de saber la hora en estas montañas, ya que los habitantes de la región no usaban relojes y a muy pocos les gustaba escuchar la radio.

Todos eran amantes de la tranquilidad y del encanto de la naturaleza, a ninguno le gustaba el alboroto de la ciudad, sino, por el contrario, su única diversión era pescar o reunirse en familia tocando el cuatro, el arpa y las maracas, o reunirse entre los vecinos para tocar y bailar un buen joropo zapateado; eso sí les gustaba, y tomarse unas cervecitas bien frías de vez en cuando. No había música más hermosa para el alma que la que tocaban sus propias manos.

Mi abuelo solía tocar una melodía con el cuatro que quedó grabada en mi mente y en mi corazón, e incluso llegué a grabarla en un cassette el mismo día que llegamos a la Loma y fuimos recibidos con esa música. Esta decía así:

Cante, cante, compañero,
no le tema a la verdad,
cante, cante, y tú, hermanita,
yo no sé qué va a pasar.
(Coro)
Mira rabia que me dieron
Mira rabia que me dan (bis)
un animal tan chiquito,
yo no sé qué va a pasa (bis),
yo no sé qué va a pasa (bis)
en medio de un cucarachero,
yo no sé qué va a pasa (bis).

Valle Hondo

Nos dirigimos hacia Valle Hondo, un pueblo que queda a más de una hora de la Loma de Bonilla. Su nombre se debe a que está situado entre montañas, en un valle hondo, casi escondido; su ubicación es muy parecida a la de la ciudad de Caracas, ya que esta se encuentra rodeada por la montaña El Ávila.

Este era un lugar casi desolado, donde penetraba el silencio en los oídos; aunque el clima era muy frío, el sol pegaba con un resplandor muy fuerte en los ojos.

A la entrada del caserío había una bodega, a la cual entramos. Esta era del hermano de mi padre: Sebastián.

El tío Sebastián quedó sin habla al ver a mi padre, ya que tenía más de cinco años sin saber de él.

Ambos se abrazaron y casi lloraron de emoción; hablaron de la familia e hicimos un mercado en su bodega; luego, mi tío me regaló unas apalgatas que tenían una mota enorme encima, color amarillo y naranja: fueron un alivio para mis pies, ya que estaban acalorados de tanto llevar los zapatos puestos. A mi hermano le regaló un par de apalgatas negras, y él también se las puso muy emocionado; después, mi tío cerró el negocio y nos dirigimos hacia su casa, que quedaba a unos doscientos metros de ahí.

Al entrar, sentí un aire de soledad. Había un cuadro que me llamó mucho la atención: en él aparecía un muchacho joven, como de unos diecisiete años de edad y con una larga cabellera, parado al lado de una moto 1000, que se veía nueva y bien cuidada; los ojos le brillaban mucho. Parecía una foto muy vieja, por el estilo de cabello que el muchacho lucía.

Salió la familia a recibirnos. La señora Patricia, que era la esposa de mi tío, se encargaba de la fabricación de quesos y cuajadas; las hijas preparaban helados para vender a los niños del poblado, que constantemente vinieron a comprarlos mientras estuvimos ahí.

Al cabo de unas horas, yo salí al solar y observé un cuarto que estaba retirado de la casa como a trescientos metros, entre los linderos de la propiedad. Salimos a la parte trasera de la casa, donde había una pequeña montaña; hacía mucho frío, tanto, que al hablar nos salía vapor por la boca y la nariz. Mi tío nos mostró unas piñas que ellos cosechaban; estas se hallaban entre rocas y había que arrancarlas con mucho cuidado, ya que, si no lo hacíamos bien, probablemente la mata ya no daría más frutos.

Arrancamos unas cuatro; las mismas eran enormes, medían unos cuarenta centímetros aproximadamente: nunca había visto piñas más grandes que las que vi en Valle Hondo.

Llegaron al lugar dos primas, hijas de mi tío: una era Ana Teresa y la otra, Ana María. Ana Teresa era muy alborotada y muy reilona; Ana María, en cambio, era todo lo contrario.

Mi tío nos dijo:

—Vengan a ver algo que no van a ver nunca en Caracas y les va a gustar mucho.

Nos dirigimos hacia el cuartito que yo observaba con tanta ansiedad. Era un lugar un poco oscuro: el olor era fuerte, añejo, a leche cortada; había una gran variedad de quesos en proceso de preparación, como queso de mano, queso de ano, queso de cabra, cuajada y queso de crineja. Del techo colgaban unos cilindros enrollados verticalmente, donde apretaban el queso para extraerle el suero.

Luego de ver el lugar donde elaboraban el queso, pudimos comprobar la calidad de cada uno de ellos, ya que probamos unos bocados, pero al salir de ahí le pregunté a mi tío cómo se hacía el queso, cómo lo elaboraban; fue muy cuidadoso en no decírmelo, diciéndome:

—La próxima vez que vengas, yo te enseñaré.

Entramos a la casa; papá me pidió que buscara a Ana Teresa por todas las habitaciones y así lo hice, pero su madre me dijo que estaba en la de su hermano cuidándolo. Luego, pedí permiso y entré a la habitación; al avanzar, vi a un hombre esquelético, con la muerte dibujada en su rostro, arropado con sábanas blancas hasta el cuello. Se le notaban la languidez en su rostro, los ojos hundidos, las manos como patas de gallo por lo delgadas que eran; como la cabecera de la cama se orientaba hacia la puerta, en ese momento no pudo verme en su totalidad; en su mesa de noche, estaban colocadas, montadas unas encima de otras, cajas de pastillas y de cápsulas, y había frascos de medicinas de todo tipo, con un vaso y una jarra de agua: su hermana me dijo que tenía que tomarse una píldora cada media hora.

Fue doloroso para mí entrar a esa habitación; luego, ella me lo presentó.

Estuvimos conversando largo rato; él me dijo:

—En lo que yo me recupere y salga de esta cama, voy a hacer un viaje a Caracas y voy a visitarte para también conocer al resto de mis primos. Esta Navidad voy para Maracaibo a visitar a la familia.

Pero lo más triste de todo es que nunca supo que, en menos de tres meses, ya no estaría más entre los vivos.

La roca de la libertad

Salimos de Valle Hondo y, a casi una hora de viaje, recorrimos una carretera desolada, con grandes árboles, donde nos detuvimos para ver algo legendario: antes del cruce de un puente de madera que lleva al poblado más cercano, cuyo nombre no recuerdo, observamos con atención que, en la cima de una montaña al borde de un precipicio, había una roca que estaba amarrada de una forma tal, que era imposible que un humano sin sogas de seguridad o herramientas la hubiese podido amarrar.

Mi padre nos explicó:

—Esa roca que ustedes ven ahí la amarró un preso en los tiempos del general Gómez, cuando estaban construyendo esta carretera a punta de pico y pala. El general les prometió a los presos: "El que me amarre esa roca sin ayuda y sin ningún tipo de seguridad, quedará libre". Dos hombres lo intentaron y cayeron de cabeza al vacío, pero el tercero le tenía tanto amor a la libertad, que se arriesgó y fue el único en lograrlo, así que dijo: "Si no muero intentando buscar mi libertad, de todas formas moriré trabajando en esta carretera y aún me faltan muchos años de pena por cumplir". Al final, consiguió su libertad y bien ganada, ya que el riesgo que tuvo que pasar fue muy alto, pero valió la pena.

Poblado desconocido

Llegamos a la casa de una prima lejana, que papá tenía muchos años sin visitar.

Esta tenía cinco hijos varones.

En el medio del patio trasero, había un enorme árbol que nos brindó su sombra mientras hacían un sancocho con una gallina que habían acabado de matar.

A lo lejos, observé unas montañas que me llamaron mucho la atención, ya que no tenían árboles ni matas, y le pregunté al señor José, padre de Ana Teresa:

—¿Por qué esas montañas son tan oscuras?

—Es por el hierro, son montañas de hierro.

—¿Cómo montañas de hierro?

—De esas montañas es que sacan la materia prima para transformarla en hierro. Te voy a decir un cuento. Esas montañas, cuando tu papá era chiquito, eran más altas de lo que son ahora; a través de los años, las compañías extranjeras han venido llevándose la arena de hierro y sacándola del país. Uno ve cuando vienen varios camiones y, a eso de las cinco de la tarde, bajan llenos y se van. Según dicen las malas lenguas por ahí, una vez vino una empresa oriental y le ofreció al gobierno nuestro para ese entonces, a ese al que le dicen "El caminante", comprarle la montaña de arena de hierro, pero la extracción la haría el personal de su país y el gobierno nuestro le pagaría el envío en barcos hasta esa lejana tierra. Nuestro gobierno no aceptó la propuesta y le informó a la compañía oriental que le vendería la mitad de la montaña, pero que el personal de trabajo tendría que ser venezolano y deberían abrirse las empresas aquí en el país; además, la empresa extranjera debería pagar el transporte y suministrar a los venezolanos el producto elaborado más económico. Como los orientales no aceptaron, eso quedó así. Bueno, eso fue lo que se dijo en la región, yo no sé si será verdad.

—¿Y esa montaña roja de qué es?

—Esa es de arcilla.

—¿Y para qué sirve?

—Para elaborar tejas para las casas, vasijas y muchas cosas más.

Salimos de Valle Hondo dos horas después y, con nosotros, Ana María, quien era muy calladita, pero era una niña que se las traía: durante el viaje, le gustaba contar chistes y hacer bromas; el camino hacia Boconó era largo e incómodo. Allí estaríamos tres días de visita antes de regresar a Caracas y allí también dejaríamos a Ana María en casa de un familiar. Fuimos primero a ver la estatua de la Virgen; papá nos decía:

—Para qué quieren ir para allá, ahí lo único que hay es una estatua y nada más, ese lugar está vacío.

Yo le decía que no importaba, de todas formas yo quería ir a conocer a la Virgen de la estatua. Y así fue. Al llegar al lugar donde está la Virgen de la Paz, vi todo desolado; sólo estaba la pequeña colina donde ella se ubicaba. Estaba entrando la noche y vi a lo lejos muchas luces:

parecía un Nacimiento; le pregunté a mi padre qué era eso, y me dijo:

—Eso que usted ve allá es el lago de Maracaibo, y esas luces son la ciudad de Maracaibo.

Yo quise saber cómo es que se podía ver desde allí, y él me contestó que, como estábamos en una colina, podíamos ver con claridad las luces, ya que estaba anocheciendo; ese era el único ángulo desde donde se podía ver la ciudad de Maracaibo desde Trujillo, que era donde estábamos. Eso me pareció bastante emocionante.

De allí nos dirigimos a Boconó; durante el trayecto, hablamos de muchas cosas, pero mi mente estaba en todo lo que había vivido en esas semanas... ¡Nunca podría olvidar esas vacaciones en Bonilla!

ÍNDICE

Editorial LibrosEnRed

LibrosEnRed es la Editorial Digital más completa en idioma español. Desde junio de 2000 trabajamos en la edición y venta de libros digitales e impresos bajo demanda.

Nuestra misión es facilitar a todos los autores la **edición** de sus obras y ofrecer a los lectores acceso rápido y económico a libros de todo tipo.

Editamos novelas, cuentos, poesías, tesis, investigaciones, manuales, monografías y toda variedad de contenidos. Brindamos la posibilidad de **comercializar** las obras desde Internet para millones de potenciales lectores. De este modo, intentamos fortalecer la difusión de los autores que escriben en español.

Nuestro sistema de atribución de regalías permite que los autores **obtengan una ganancia 300% o 400% mayor** a la que reciben en el circuito tradicional.

Ingrese a www.librosenred.com y conozca nuestro catálogo, compuesto por cientos de títulos clásicos y de autores contemporáneos.